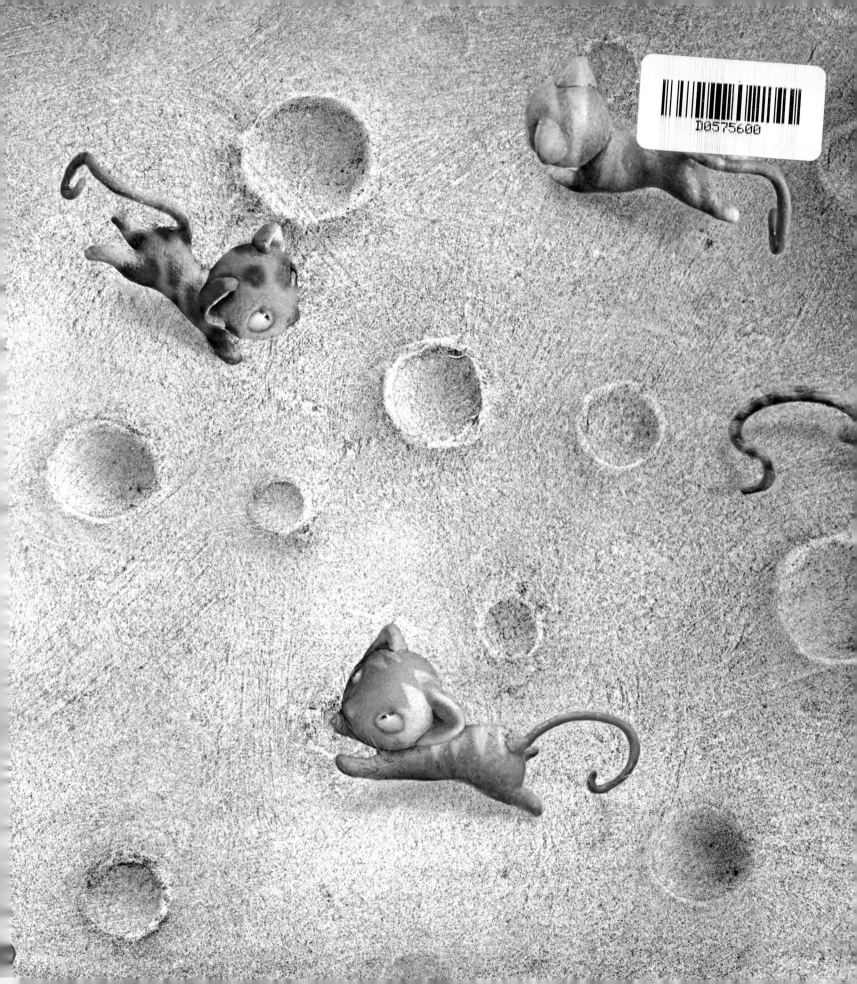

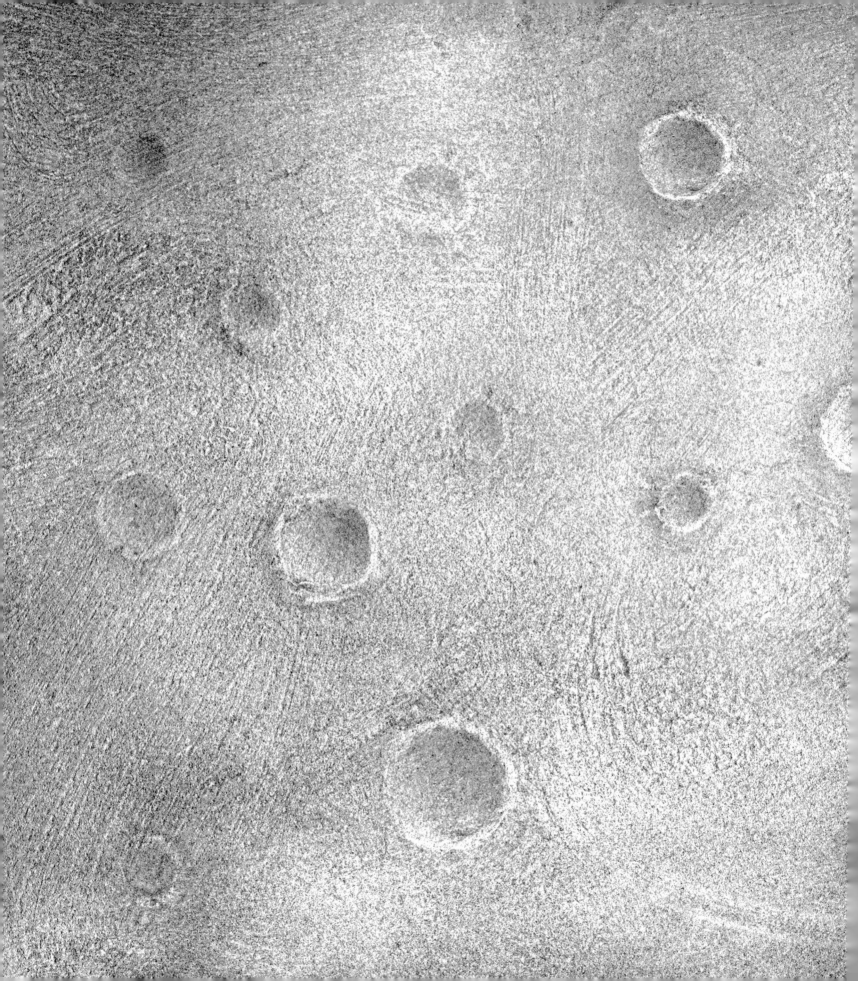

Óscar
y los gatos lunares

Óscar y los gatos lunares

Primera edición: octubre de 2010
Título original: *Oscar and the Mooncats*
© 2007 Lynda Gene Rymond (texto)
© 2007 Nicoletta Ceccoli (ilustraciones)
© 2010 de la traducción, Thule Ediciones, SL
    Alcalá de Guadaíra 26, bajos – 08020 Barcelona
Edición publicada por acuerdo con
Houghton Mifflin Harcourt Publishing Company.

Director de colección: José Díaz
Adaptación gráfica y maquetación: Jennifer Carná
Traducción: Alvar Zaid

EAN: 978-84-92595-68-6
D. L.: B-33368-2010
Impreso en Gráficas 94, Sant Quirze del Vallès

www.thuleediciones.com

Para Dayhunter y Wallace,
uno en la Tierra y otro en la Luna.
L. G. R.

Para Davide y Maura, gracias.
N. C.

Óscar
y los gatos lunares

thule

Óscar adoraba a su niño.

También adoraba la comida de gato maloliente para
desayunar y la comida de gato crujiente para cenar.
Adoraba su ratoncito de hierba gatera y su cojín rojo
bajo la ventana.

Sin embargo, lo que adoraba por encima de todas las cosas era auparse a lugares desde donde podía observarlo todo.

Una noche, mientras su niño ayudaba a lavar los platos, Óscar trepó a una silla, después a la mesa y de allí a lo alto del frigorífico.

—Baja antes de que te metas en problemas —le dijo el niño.

Pero la alta librería de la sala tan solo estaba a uno
o dos saltos de distancia. Así que Óscar saltó del
frigorífico a la lámpara y de la lámpara a lo alto de la
librería. Le guiño un ojo a su niño, que le regañó:
—Óscar, esta noche pareces un gato montés. ¡Baja!

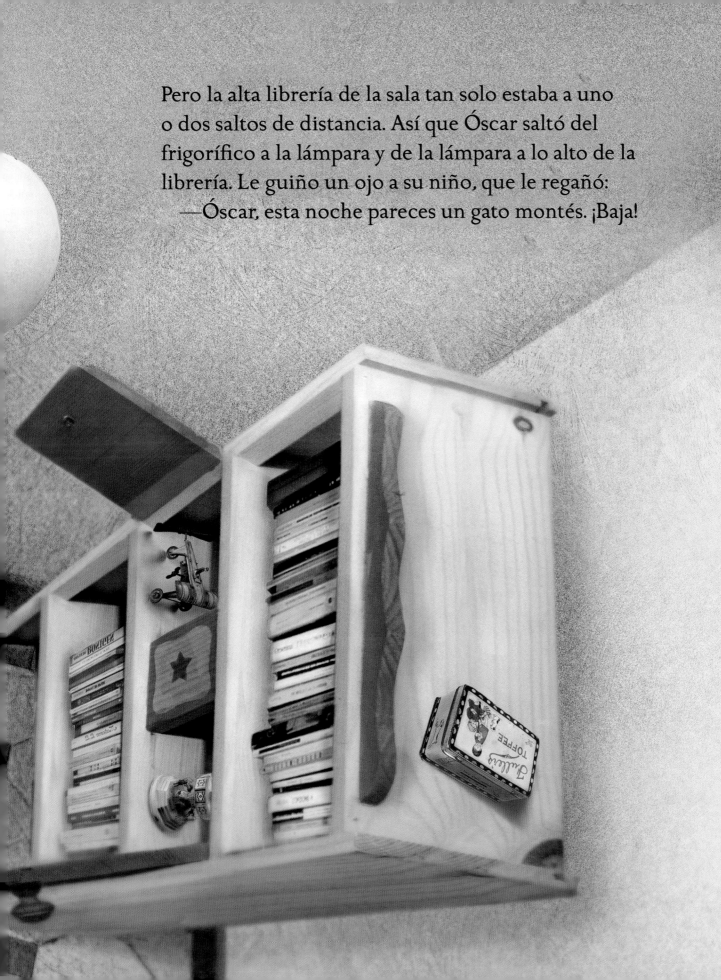

Óscar se sentía montaraz. Cuando su niño fue a bañarse, Óscar brincó de la librería al alféizar, de la ventana al árbol y del árbol al tejado del garaje.

«¡Vaya! —pensó Óscar—. ¡Mira, se ve todo!» Óscar podía ver a su niño tomando un baño de burbujas, los sapos saltarines entre las lechugas, los abejorros entre las rosas. Podía ver aquella espantosa especie de perro del vecino. Óscar podía ver calle arriba... un poco. Podía ver calle abajo... otro poco.

Entonces Óscar se fijó en la luna creciente que se alzaba sobre el pueblo y en la punta que colgaba tan cerca. Se retrepó sobre sus patas traseras, dio el mayor salto de su vida...

... y aterrizó entre una nube de polvo lunar.

—¡Miau! ¡Miau!

Por el cuerno de la luna se deslizaban los dos gatos más grandes que Óscar jamás había visto.

—¿Quiénes sois? —preguntó Óscar con cierto reparo.

—¡Caramba! Somos los gatos lunares. Y tú, ¿quién eres?

—Soy Óscar, un gato terrestre.

Los gatos lunares se miraron y sonrieron.

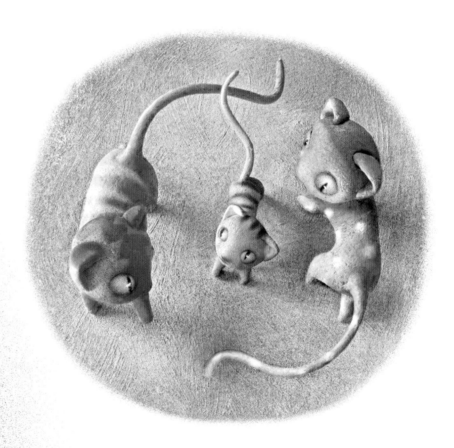

—¿Te gusta jugar? —le preguntaron.

—¡Claro que sí! —les respondió.

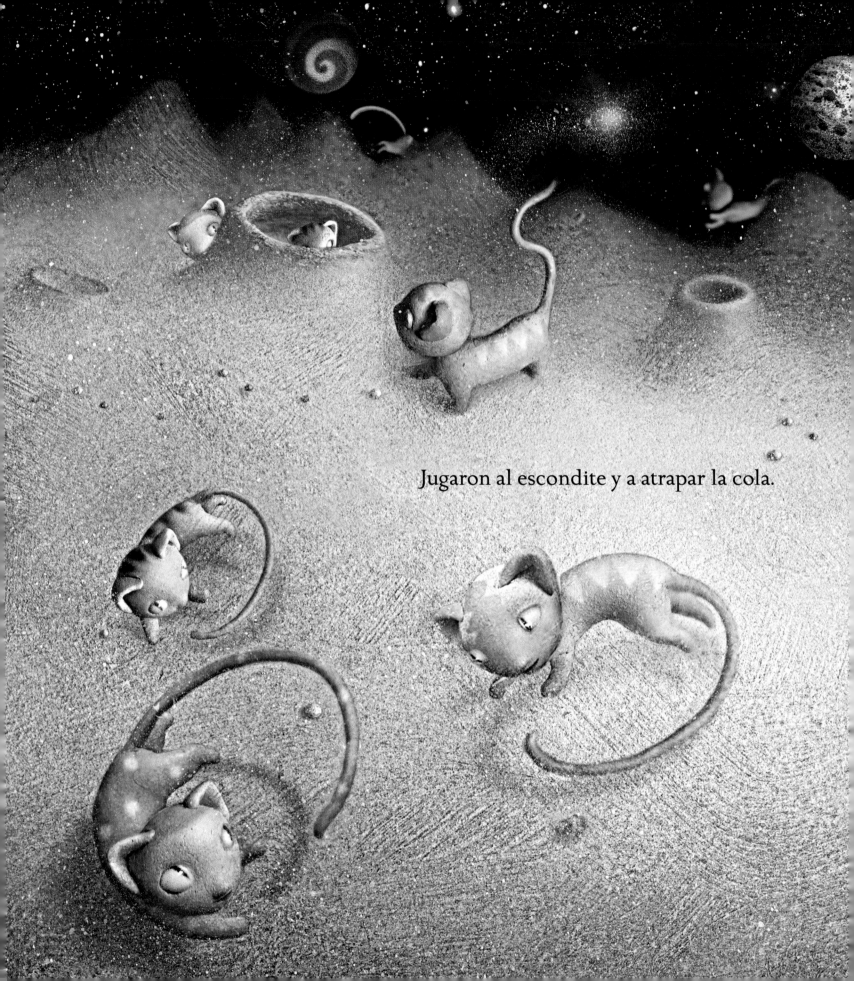

Jugaron al escondite y a atrapar la cola.

Jugaron a saltar sobre las montañas lunares
y a buscar el ratón.

Jugaron hasta que Óscar se desplomó de
cansancio, entre jadeos.

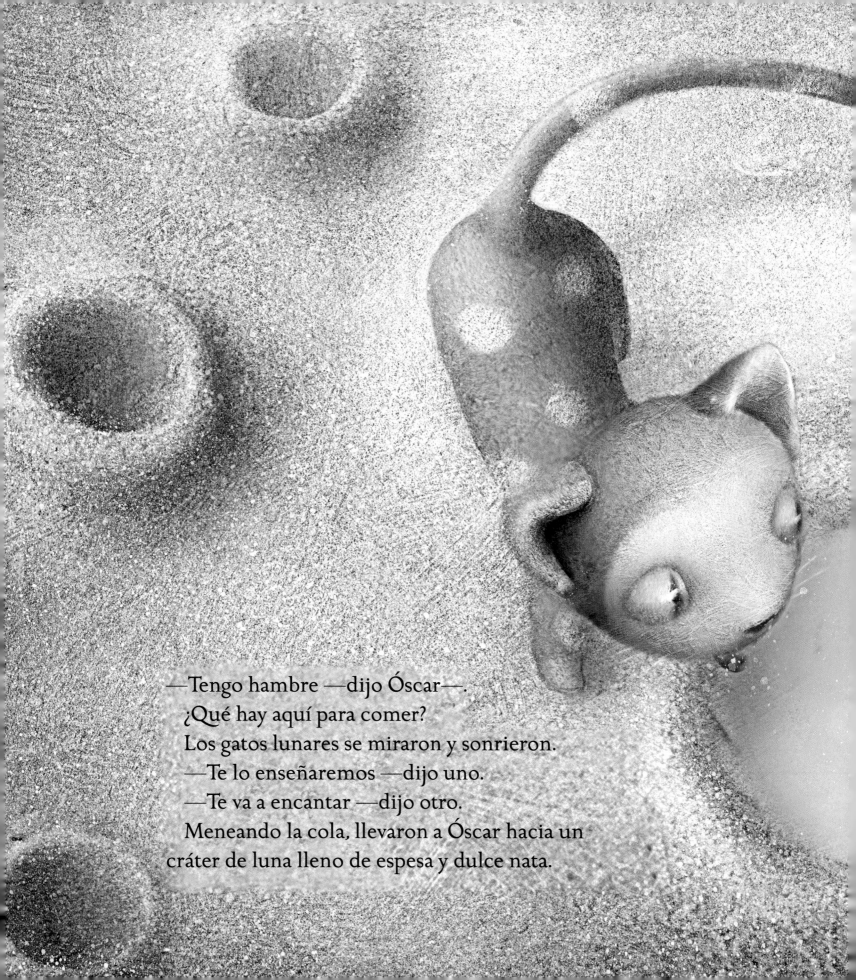

—Tengo hambre —dijo Óscar—.
¿Qué hay aquí para comer?
Los gatos lunares se miraron y sonrieron.
—Te lo enseñaremos —dijo uno.
—Te va a encantar —dijo otro.
Meneando la cola, llevaron a Óscar hacia un
cráter de luna lleno de espesa y dulce nata.

—¿De dónde viene esta nata? —preguntó Óscar.

—Hay una vaca que salta sobre la Luna —dijeron los gatos lunares—. La deja aquí para nosotros.

Óscar agachó la cabeza para beber, pero antes de que pudiera tomar un sorbo, escuchó un ruido. Se oía débilmente, pero con claridad.

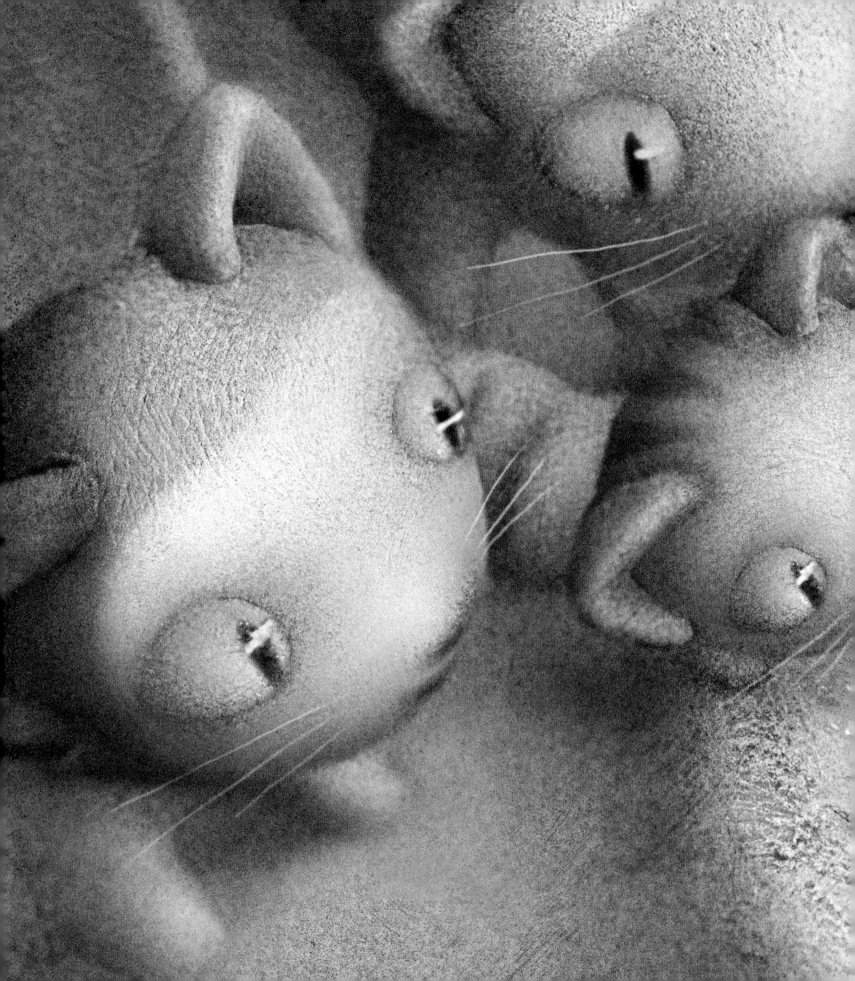

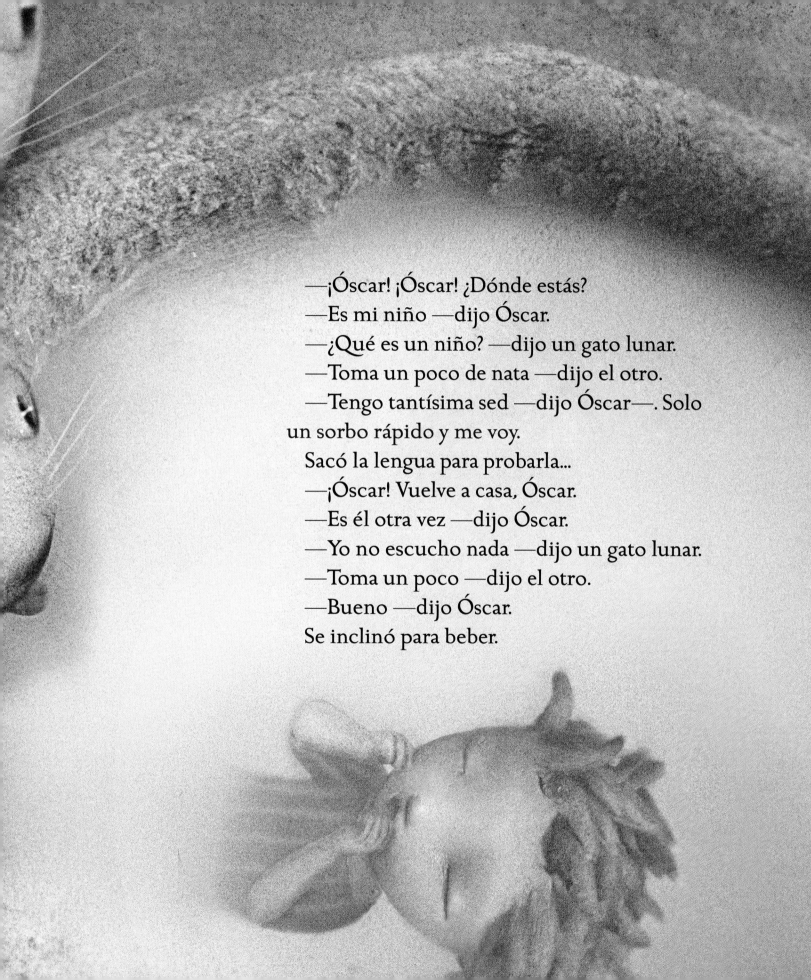

—¡Óscar! ¡Óscar! ¿Dónde estás?

—Es mi niño —dijo Óscar.

—¿Qué es un niño? —dijo un gato lunar.

—Toma un poco de nata —dijo el otro.

—Tengo tantísima sed —dijo Óscar—. Solo
un sorbo rápido y me voy.

Sacó la lengua para probarla...

—¡Óscar! Vuelve a casa, Óscar.

—Es él otra vez —dijo Óscar.

—Yo no escucho nada —dijo un gato lunar.

—Toma un poco —dijo el otro.

—Bueno —dijo Óscar.

Se inclinó para beber.

—¡NO LO HAGAS! —dijo una voz grave. Óscar miró hacia arriba y vio la cara de una vaca pintada—. Gatos malos. ¡Fuera! ¡Largo! —La vaca inclinó el hocico hasta la cara de Óscar y olisqueó suavemente—. Creí olfatear un gato terrestre.

—¿Por qué asustas a mis amigos? —le preguntó Óscar. Su pelaje atigrado se erizó.

—¿Son tus amigos? —le respondió la vaca—. Esos gatos lunares saltaron aquí hace mucho tiempo, se han olvidado de las personas. Y yo no soy ninguna vaca terrestre. Si bebes esta nata, tu piel se volverá pálida y brillará como la plata, tus ojos resplandecerán con la luz perlada de la luna y tu niño jamás volverá a saber de ti.

—¡Vuelve a casa, vuelve a casa, Óscar!

—Es mi niño —dijo Óscar, y corrió hacia la
punta de la Luna—. La Luna está mucho más alta
ahora. Ahí está la ciudad y ahí el campo, y entre
los dos mi pueblo. Allí veo la carretera y el río.
Esa es la calle donde vivo, y mi casa, puedo ver
hasta a mi niño. ¿Cómo podré llegar a casa?

—Está demasiado lejos, incluso para un gato
saltador como tú —afirmó la vaca—. Tal vez
lo más fácil sea beber un poco de nata y jugar
con los gatos lunares.

—¿Y qué pasa con mi niño?

—Te olvidará al cabo de un tiempo
—suspiró la vaca—. Y tú a él. Buena suerte.

Reunió fuerzas y saltó al cielo estrellado. Pero algo muy veloz
y con rayas atigradas brincó sobre su lomo y se aferró como si
en ello le fuera la vida.

—¿Qué haces? —bramó la vaca.

—No es verdad —gritó Óscar—. ¡Mi niño nunca me olvidaría!

—Oh, pequeño —dijo la vaca—, no me dirijo a la Tierra. Voy hacia Venus y luego más allá.

—Entonces, adiós —dijo Óscar, y se soltó.

Dio volteretas por el cielo nocturno, se retorció y cayó como hacen los gatos, con las patas extendidas y las zarpas a punto. Óscar cayó y cayó, mientras pensaba en su niño y buscaba su casa.

—Allí —susurró—, allí está el río y nuestro pueblo. Allí está nuestra calle y el tejado. ¡Puedo hacerlo!

Óscar aterrizó con un golpe tremendo, pero se sacudió y se estiró. Sonrió y pensó: «Tal vez no sea el primer gato en subir a la Luna, pero seguro que soy el primero en bajar de ella». Correteó por el tejado y saltó al porche, donde le esperaba su niño en pijama.

—¡Aquí estás! ¿Estabas en la Luna o qué?

Óscar le guiñó un ojo como si nunca se hubiera ido y se dirigió a la cocina. Allí su niño le puso un cuenco de crujiente comida de gato y se sentó para acariciar a Óscar hasta que acabó con el último bocado.

Entonces el niño bajó a la sala y Óscar dio su último brinco, hasta la cama. Se lamió el polvo lunar de sus zarpas y se hizo un ovillo.

—Buenas noches, Óscar montés —dijo el niño—. Ojalá supiera adónde has ido.

Pero Óscar ya se había dormido y soñaba con su próximo salto, tras el que siempre, siempre, regresaba a casa.

Fin

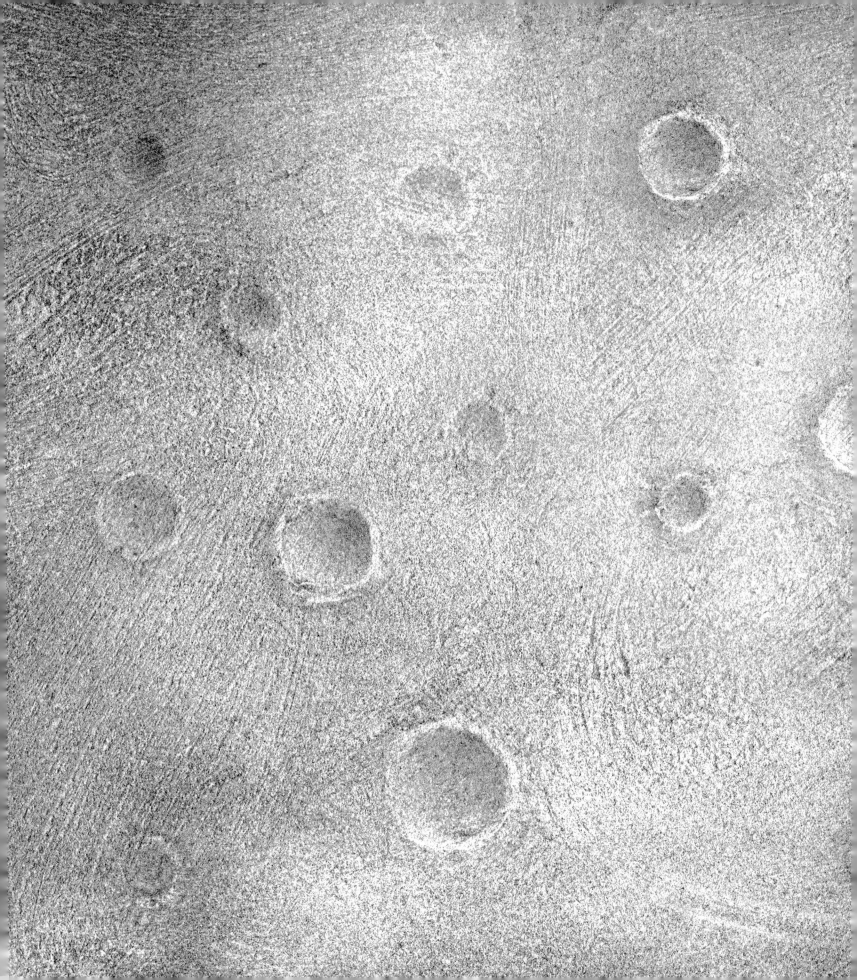

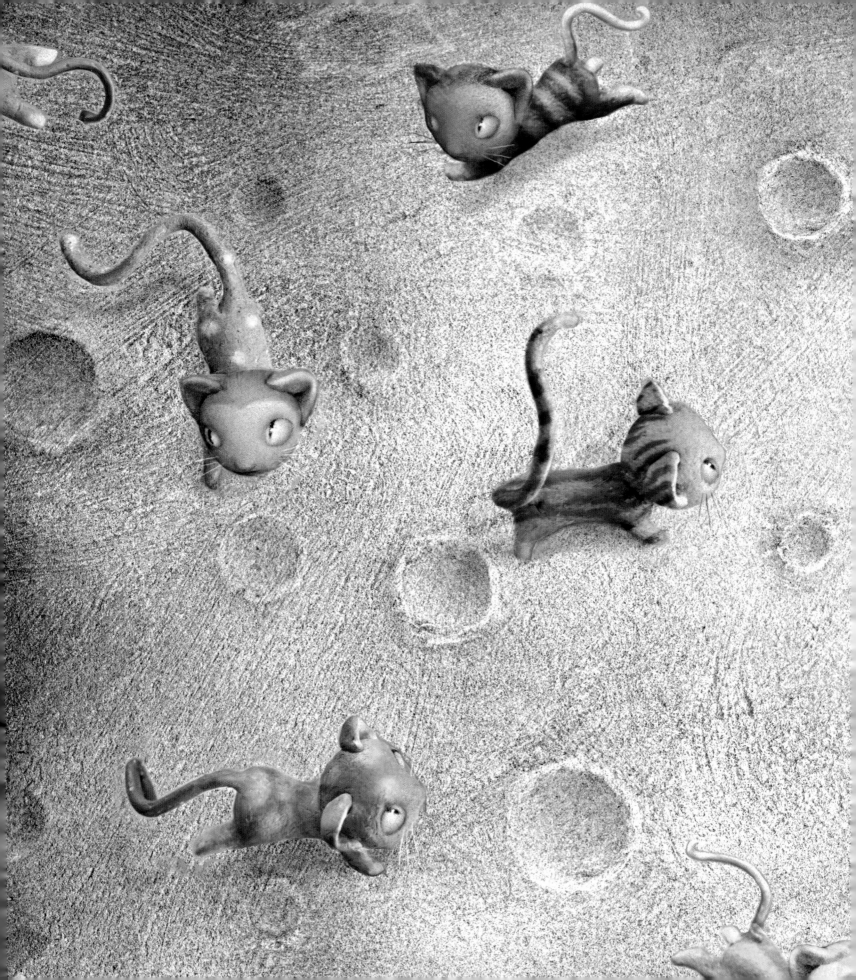